自然食通信社

装幀　橘川幹子
イラスト　ばばかよ
写真　落合由利子

プロローグ

「百人一首を一人百首。3100文字で伝えたかったこと」

妻の産後が、思ってたのと違う。

——ということに気づいたのは、妻が2人目を出産したあとでした。

1人目の出産当時会社員だった私は、朝も早よから帰りは終電になることがほとんどで、父親らしいことを何もできていなかったのですが、その反省を生かして2人目こそ家族の戦力になるぞと意気込んで、しかし結局仕事との両立もできず、上の子のケアもできず、しまいには義母から見放され、

こんなはずじゃなかった…

という産後を過ごしました。

そして、こんなはずじゃなかったのは私だけではなく、妻は通常よりも産後の回復（よく「産後の肥立ち」と言われるやつです）に時間がかかり、上の子の赤ちゃん返りは想像のナナメ上を行き、さらには生後2週間の娘が感染症で緊急入院するというアクシデントまで発生しました。

間違いなくあの時期、わが家の結束はとても強まったのですが、もしかしたらあのまま家族が空中分解してもおかしくなかったなと、3年経って思い出してみても危なっかしい気がします。家族全員がそれぞれに異常事態でした。

そんな実体験をもとに私は、2011年に（正直何の後先も考えずにとりあえず一国一城の主になりたいという願望だけで）設立した株式会社アイナロハを、娘が生まれた2012年に「産後のお手伝いをする会社」にしようと決意して舵を切りました。

産後の家事や赤ちゃんのお世話をお手伝いする「産後サポート」と、妊娠中から産後の準備をするための「父親学級」事業を始め、会社設立から5年目を迎えています。

さて、「産後サポート」という仕事は、普通だったら介入できない産後のお母さんの自宅に入ることが許されるので、産後5日目（多くの産院の退院のタイミング）以降のお母さんを誰よりも見ています。スタッフがサポートに行けば行くほど、様々な産後の実態が経験として集まってきました。

それは私たちの会社の財産ですから、サポートのブラッシュアップと私の父親学級のヒントにするほか、ブログ「バースプランは産後まで。」を通して発信してきました。

ありがたいことに、ブログの反響が徐々に大きくなり、いっとき1日1万アクセスを超える日が続きました。ブログを更新しない日でも数千人の方がアクセスしてくれました。

ブロガーで生活できるんじゃないかと本気で考えました。

…が、ラッキーはそう長くは続きません。

「産後」に特化したブログという認知はいただけたものの、「産後」の情報しかないブログであることが露呈し、これまで大多数を占めていた産後の女性読者が、出産から時間が経つにつれて離れていってしまったのです。

気づけば、1日2000~3000アクセスのごくありふれたブログに戻っていました。

そのときにふと、思ったんです。

どうしてあんなに大変だった産後のことをみんな忘れていっちゃうんだろう? と。

産後の女性が、渦中には「そうそう、そのとおり!」と私のブログを応援してくれていたのに、少し時間が経つと、もう産後じゃないし…と離れていってしまう。

私の文章が面白くないとかマンネリ化してきたとか、そういう要因をとりあえず抜きにすると、読者離れの理由が見当たらず、私は真剣に悩みました。

そして辿り着いたのが、面白くなかったことは記憶しておくだけ無駄、という結論です。産後がいかに大変か…だけを声高に毎日繰り返しても、何の肥やしにもならないんだろうと。

そんな産後の話をブログで面白く語るって、どうすればいいんだろう? と思っていたとき

に目についたのが、百人一首の中の

人はいさ　心も知らず　ふるさとは　花ぞ昔の　香(か)ににほひける（紀　貫之）

でした。

意味は、「あなたの心が昔のままかどうかは分かりません。でも、私のふるさとでは、昔と同じく花が香っています」というような感じ。

歌の真意を、「あなたの心は昔のまま変わらないですよね？」と肯定する人もいるでしょう。子どもができても、以前と変わらず愛している、という夫婦はもちろんいます（ときどき）。一方で、「あなたの心は昔とは変わってしまったというのに」と否定的に捉える人もいるでしょう。子どもができてめっきり会話も減ったし、何を考えてるんだか分からなくなった、という夫婦は決して珍しくないですから。

そんな目で百人一首を眺めてみると、さすが先人の一流の技術、ほとんどが恋の歌のはずが、産後の家庭をイメージしながら読むと趣き深いことこの上ないのです。

これが、ブログで百人一首のアレンジ「産後百人一首」を発表し始めたきっかけです。

たくさんの方に読んでいただき、百首すべて発表終了時点でも「これからどうするんですか？」という多くのメッセージをいただきました。

声高に語らなくても、わずか31文字で十分に伝わるんですね。
産後と文学の冗談のような出会い。
出版にあたり全百首のうち51首をセレクトして編集しました。
どうぞ先人とともに、みんなの産後に思いを馳せてみましょう！

目次

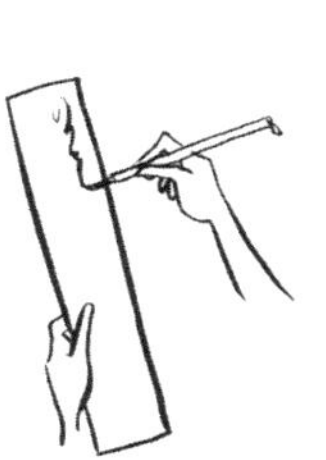

1章 産後百人一首・秀歌選

渡辺大地

1

ママの腹　産後にみれば　かすかなる
山と言ったら　正拳突きかも

〈参考〉天(あま)の原　ふりさけ見れば　春日(かすが)なる　三笠の山に　出でし月かも（安倍仲麿）

男にとって理解が難しいことの一つに、出産したのに妻のおなかがへこんでいないということがあります。子宮や骨盤がすぐに元の大きさや位置に戻るわけではない、というのは、実際にお腹を痛めたお母さんでないと分かりづらい感覚なのかもしれません。

「アザラシみたい」と言ってしまった後に慌てて「ゴマちゃんとか可愛いじゃん」なんて言っても、傷口を広げるだけです。ちなみにわが家は、2人目の産後に、息子（当時2歳）が「ママのおなかにまだ入ってんの?」と聞いてしまい、ママの洗礼を受けておりました。

飽きたのと　育休夫が　暇を余し　そのころ妻は　悪露(おろ)にぬれつつ

〈参考〉秋の田の　仮庵の庵の　苫(とま)をあらみ　わが衣手は　露に濡れつつ（天智天皇）

育休を取る男性がさほど増えない中、「夫の育休は2日で十分」と考える妻は増加しているようです。それは、3日目あたりから夫の休憩時間が飛躍的に伸びるからだそうで、ここぞとばかりにレンタルビデオショップで借り貯めするパパもいるわけです。

男性の育休が「休むためのもの」という理解である限り、この傾向は改善しないのでしょうね。①休むというのは手段であって、目的ではない、②夫の育休で休むのは妻であって、夫ではない――たったこれだけなんです。

3

はよ動け　ど突き蹴散らし　うろたえて
ころもほすちょう　うちの殿方

〈参考〉春過ぎて　夏来にけらし　白妙(しらたえ)の　衣ほすてふ　天の香具山（持統天皇）

いつか娘が「パパのと一緒に洗わないで」と言いだす日を恐れる男性が多い割には、洗濯そのものの全体像を知らないことが多いのも事実。確かに、平日、洗濯機の「洗濯終了」の音声をほとんど聞いたことがない夫にとって、最初の難関は、「いつ洗濯が終わったのか気づかないこと」です。

夫の干し方が気に入らない・たたみ方が気に入らない、といった話を聞くこともありますが、それを洗濯の一工程と思っている時点で、かなりレアだと思っていいくらいです。

自分のワイシャツのアイロンがけすら妻の仕事だと思っている人もいるくらいですから…。

4

あれ、いない？　長いお産も　無事済めば　痛めた人を　忘れやはする

〈参考〉
有馬山　猪名（ゐな）の笹原　風ふけば　いでそよ人を　忘れやはする（大弐三位）

やっと生まれてきた。赤ちゃんごくろうさん

ねぎらうのはどっち？

妊娠中の妻の体の心配はしても、産後の妻の体の心配をする夫って、よっぽど妻の予後が悪くない限りは滅多にいないもの。確かに、赤ちゃんは目を離してはいけない存在ではありますけど、頭痛とか腰痛とかオッパイ痛とか、そういう痛みや重さや睡眠不足と闘っているのは、まずママの方ですよね。

産後のママは体調が万全ではないよ、っていう話をするために、父親学級ではいつも、悪露（おろ）が収まるまでの約1カ月間は子宮から出血しているから、全治1カ月の人と同じような生活をしてほしい、ということをオススメしています。出産を経験できない男性にとってはその表現が響きやすいようです。

5

見るからに　ゴミも掃除も　しなければ
むべ退院を　嵐と言うらむ

〈参考〉
吹くからに　秋の草木の　しをるれば　むべ山風を　あらしといふらむ（文屋康秀）

分娩終了が「産後」第1章だとすると、妻と赤ちゃんの退院は「産後」第2章です。ママは入院中ずっと退院の日のことを考えて、第2章を華々しくスタートする気満々です。だって、赤ちゃんにとっては初めての「おうち」ですからね、ホコリなんてなくて、ゴミ捨てだってきっちりされていて、願わくば、ベビーとママの寝床も完備されている自宅…くらいが理想ですもんね。

でも、これがとてもとても難しい…。ママが気持ちよく帰宅したという話を聞くことは、まれです。帰宅したらまず、「てめえ、この5日間なにやってたんだよ!」から始まって、「信じらんない!」で終わる…ことのないようにしたいです。

6

ありったけの　つれなく見えし　ホコリあり　目につくばかり　掃く人はなし

〈参考〉有明の　つれなく見えし　別れより　あかつきばかり　憂きものはなし（壬生忠岑）

入院中に
部屋の掃除
頼んだでしょう
換気扇掃除
やっといたよ？

第5歌でも取りあげたとおり、妻と赤ちゃんが退院してきて、燃えるゴミがわんさかたまっていたとか、洗濯ものが山のようになっていたとか、ベビーベッドが設置されていなかったとか、数々の所業があるわけです。その中でもこの歌のテーマは、「退院前に掃除をしておいてほしかった」というもの。

私の妻は、退院後すぐに「寝室のホコリが気になる」と言いだし、私が「今は掃除のことなんか考えないで寝てなよ」と声をかけたら、どうやら妻の言いたいことはそういうことではなく、入院中4日間もあったんだから、赤ちゃんと産婦を迎えるのに雑巾がけくらいしておくのが常識だろうが。ということだったようです。

7

君がため　惜しからざりし　貯金さえ
使い方では　重い蹴りかな

〈参考〉
君がため　惜しからざりし　いのちさへ　長くもがなと　思ひけるかな（藤原義孝）

結婚から出産にかけて、妻の中では「夫のカネ」という概念がなくなり「家族のお金」に統合していく場合が多いので、サプライズ的なお金の使い方はもっぱらトラブルの原因になります。自分の出費を削ってでも子どもに投資したい妻と、いかに自分のお小遣いをキープするかに気をもむ夫。

わが家のエピソードを一つ。妻の初産のその日に、私は「お疲れ様でした」の気持ちを込めてダイヤのネックレスをプレゼントしました。以前から妻がネックレスが欲しいと言っていたのを、私が仕事中に探し回って、貯金をはたいて買ったものだったのですが、数年後に初めて「かなりムカついた」と知らされました。そうです、私個人の貯金ではなく家族の貯金だったから…。

怒

8

いらんこと　するなと言われる　家事を耐え　行方も知らぬ　あれはどこかな

〈参考〉
由良(ゆら)の門(と)を　渡る舟人　かぢを絶え　ゆくへも知らぬ　恋の道かな（曽禰好忠）

うまい？
特製パパごはん

コンビニ弁当
買ってきてくれる？

そもそも「男の育児」「男の家事」と銘打たれることが、いかに男が家庭に貢献していないかを思い知らされる結果になるのですが、現代は、どうしたって家事育児は妻任せの家庭の方が多いですから、毎日やっているわけではない男性は、段取りや明日以降のシュミレーションが苦手になるのは仕方のないことだと思います。

その人が日曜だけでも家事育児をしようか、となるのが産後じゃないですか。これはもう儀式ってゆうか、産後の風物詩みたいなもんですから、むしろ一回通ってほしい。炊事を頑張ったのに妻の納得が得られず、「仕事増やさないで」と言われ、夫は「やってやったのに感謝もされない」とかブツクサ言って、「ごはんはアタシがやるからいい!」と怒鳴られ、すねた夫が赤ちゃんにちょっかいを出し、「いま寝たんだから、起こさないで!」という妻からの連続攻撃!

そっからのリカバリーでしょ、本当の夫婦関係のスタートは。

夜をこめて　父の空音は　はかるとも
夜泣きオムツの　責（せき）はゆるさじ

（参考）
夜をこめて　鳥の空音（そらね）は　はかるとも　世に逢坂（あふさか）の　関はゆるさじ（清少納言）

赤ちゃんが夜泣きしても夫が全然起きてこないということはよくありますが、「夫は赤ちゃんが泣いていてもまったく気づかない」というのは嘘だと思っています。赤ちゃんの泣き声をなめちゃダメですよね。赤ちゃんが夜泣きで大声を出したら、いくら男だって目が覚めます。

気づいているけど、気づかないふりをしているんです。「オトコって全然気づかないよね」という都市伝説を現実化するために。夜泣きをやり過ごす、というのが父親なんですよ。なので、夜泣きで起きてオムツを替える夫は、起きてきたことが評価されるわけではなく、無視しなかったことが評価されると思っています。

パパ会などでその話をしたら盛り上がるんだもん。みんな嘘寝自慢大会になって（笑）。

「やる」とだけ　荒い鼻息　どこへやら
さても白々しいなお前は

〈参考〉かくとだに　えやは伊吹の　さしもぐさ　さしも知らじな　燃ゆる思ひを（藤原実方朝臣）

よっしゃ。
掃除洗濯は任せろ
脱ぎっぱなしの
靴下拾いなさい

産前産後家庭を対象とした「家事分担講座」というのを開催する自治体が増えているようですが、うまくいっているという話はあまり聞きません。前提として、人間はロボットじゃないので、決めたことを間違いなく100%常にやれる、ということはないですよね。相手がやらないから腹が立つとか、自分がやれないのがもどかしいとか、せっかくの家事分担がネガティブな要素になったらもったいない。

以前あるご夫婦から、家事分担を決めずに、まずは「まっさきに切り捨てる家事」を決めた、という話を聞きました。忙しかったら、この家事は後回しでいいよね、という意思疎通です。それ以上は特に分担しなかったそうですが、共働きを再開しても特に問題は起きていないとのこと。シェア以上の効果があったということですね。

おやすみと　布団ふみわけ　眠い子の
高い高いする　後はかなしき

〈参考〉
奥山に　紅葉(もみぢ)踏みわけ　鳴く鹿の　声聞くときぞ　秋はかなしき（猿丸大夫）

私の妻が産後に、「子どもが寝た後の1人の時間だけが楽しみだ…」と言っていましたが、一日の中でそこしか自分の時間を持てないママにとっては、それこそが唯一の生き甲斐。でも、ときに子どもを寝かしつけるのに力尽きたママが、子どもと一緒に（または子どもよりも一歩早く）寝てしまった場合、帰宅した夫から「のんきでいいよな～」と思われてしまうことも多いんですよね。

母親にとっての1日のモチベーションタイムを確保できるかどうかは、大きな懸念事項。高い高いによってその時間が大幅に削られることはなんとしても阻止したいわけです。

「高い高いしたいなら、責任とってそのあと1時間は遊んでくれ」

パパはむやみに高い高いする前に、妻の顔色を窺わなきゃですね。

12

長からむ　心も知らず　黒髪の　乱れる妻に　気にせんと思え

〈参考〉ながからむ　心も知らず　黒髪の　乱れてけさは　ものをこそ思へ（待賢門院堀河）

出産直後のママはほとんど外出しませんし、できれば横になって休んでいるのがベストなので、お化粧・着替え・髪の毛のセット等はしないことが多いわけです。産後に友人たちが「落ち着いたら遊びに行くね」と言う理由の一つがそれです。…だから怖いんです、男友達や、夫の会社の同僚が。入院中のお見舞いもそうですが、夫が会社の同僚をつれてきて子どもを見せびらかす…ことによって妻が見世物になる、ということは、ままあります。

そういうお見舞いは大概、当日や直前になって知らされるので、妻が「髪とかボサボサだし、今日は辞めてもらえない?」と夫に頼むと、「大丈夫だって、誰もお前のことを見に来るわけじゃないから」。気にするのはこっちだっつうの!

13

薄口で　辛さひかえて　あるものを
濃口なじむ　オトコ惜しけれ

〈参考〉恨みわび　干さぬ袖だに　あるものを　恋に朽ちなむ　名こそ惜しけれ（相模）

産後は薄味で野菜たくさん、というのがママの体調回復に欠かせない条件なのですが、これだと夫には不満なんですよね。産後用のレシピって、だいたいが味付けが薄いからもの足りない、という夫の反抗との戦いです。よく、産後に店屋物とかコンビニ弁当を買ってくるお父さんは「ママの体調を何も考えていない！」と言ってお叱りの対象になることが多いのですが、私は、こういうお父さんはむしろ協力的だと思います。

手に負えないのは、産後のママに「パパ用」のごはんをわざわざ作らせる夫。または、自分の好みに合わせて味付けを濃くさせる夫（もちろん妻が作っている）。誰の産後なのか、よくよく考えなきゃです。

14

キズ、いたみ　部位の違いも　夫だけ　食べれば何とか　ならんとぞ思う

〈参考〉瀬をはやみ　岩にせかるる　滝川の　われても末に　逢(あ)はむとぞ思ふ（崇徳院）

「夫に買い物を頼んでも、見当違いなものばかり買ってくるから役に立たない」という、男なら誰もが気づいてるけど敢えて目をそらし続けている事実。具体的には、肉の買い物が苦手な男性が多いようです（私も含め）。

確かに、妻の妊娠中から産後にかけて、買い物をかって出る夫は多いわけで、そんなときに慣れていないと、とにかく安いものを買う（私です）、同じ肉なら部位や状態が違っても大丈夫だろうくらいの軽い気持ちで肉を買う（私です）、野菜は特に傷みや古さなど構わず1袋に数が多く入っているのを買う（私です）。

私も妻の産後、買い物をしてきたそばから、義母に、こんな「古い野菜買ってきてどうすんじゃ」と叱られたものです。

15

悪気なく　美しく刈る　芝生かな
わが子の部屋は　物置のまま

（参考）
おほけなく　憂き世の民に　おほふかな　わがたつ杣に　墨染の袖　（前大僧正慈鎮）

パパの育休を…なぜわざわざこの時期に？　と思うんですが、やはり、勤め人的には、出産と同時に休みに入る、というのが一番説明しやすいわけで、出産から5日程度、つまり、妻も子もいない出産ド直後に自宅にいる夫、というのは結構あります。

そんな父ちゃんが、では、自宅でどうやってヒマをつぶすか（失敬！）という話ですが、意外に多いのが、庭の雑草を処理して過ごすという話。普段なかなかできないですもんね。次に多いのが、子育てグッズをしこたま買い揃える父親。肝心なチャイルドシートを買ってなくて、退院の日に怒られるんですけど。

庫の中よ　味噌しかなけれ　思いやる
妻の手づくり　しかと無くなる

〈参考〉

世の中よ　道こそなけれ　思ひ入る　山のおくにも　鹿ぞ鳴くなる（皇太后宮大夫俊成）

出産直前のママが何をしているか、出産入院中の「夫のご飯」をあらかじめつくって冷凍しておく、ということがよくあります。私自身は、妻の入院中は「外食するよ」と言ってあったので、作り置きはありませんでしたが、一般的に、パパが手作りが食べたいかどうかっていうより、むしろ、ママが「栄養面が心配だから」といって作り置きしてくれることが多いみたいです。わが家など、妻は私自身よりも上の子どもの健康を危惧していました。

作り置き派のパパ達に聞くと、実際、結構足りなくなっちゃうようです。1人だと味噌汁も作らずに食べたりするので、どうしてもおかずが多量必要になり、少しずつ献立を切り崩しながら食べていくと、最終日には何にもなくなっちゃうっていう。

妻が帰宅して冷蔵庫を開けて絶句するんです。

驚

17

ラップ開け　ひと月前の　思い出に
いま再び会う　ことになるとは

〈参考〉あらざらむ　この世のほかの　思ひ出に　いまひとたびの　逢ふこともがな（和泉式部）

入院前から
冷蔵庫にあった
やつじゃん！
食べるの
もったいなくて…

里帰りから妻が帰ってきてみたら、冷蔵庫の中が1カ月前と変わってない。変わらず残っている1カ月前の料理…。妻の帰宅は怒りに始まり諦めに終わる。わが家の場合は、里帰りではなく娘が1カ月入院して妻が付き添い入院していた、そこからの帰宅だったんですが、冷蔵庫関係はこっぴどく叱られました。

熟成されたツナサラダ（妻が1カ月前に作ったもの）が発見されたわが家では、「こんなもんお兄ちゃん（☝上の子）に食べさせてたわけじゃないよね？　もしそんなことあったらブッコロスから」って…しばらく言われ続けました。

棚の上に　見覚えのない「シーラン」って？

謎に高値の　ヒマラヤの塩

〈参考〉
田子(たご)の浦に　うち出でて見れば　白妙(しろたへ)の　富士の高嶺に　雪は降りつつ（山辺赤人）

昨今の父親は、妻の妊娠・出産に際して、料理に積極的になることが多いようです。以前、ある産婦人科さんで、「オトコの料理教室」なる講座を始めたという話を聞き、大盛況とのこと。ところが、この講座、半年もしないうちに廃止になったそうです。

講師が「隠し味にコレを入れると、素材のうまみが一気に引き立って」なんたらかんたら……と、普通の家庭には常備していないような高級な調味料をひとさじ入れて、一気に高級な味に仕上げたんだそう。それに興奮した参加者が、「隠し味」という言葉の魔力に取りつかれて、「お取り寄せ」をします。

妻が台所に立つと、見覚えのない「シーラン」の小瓶に4000円という値札。きっとこの時期、某産婦人科さん周辺地域では異常なまでに「ヒマラヤの塩」がネット注文されたのでしょう。

道連れの　選ぶすべなき　カレーゆえに　乱れそめにし　我なら泣くに

〈参考〉
みちのくの　しのぶもぢずり　たれゆゑに　乱れむと思ふ　われならなくに（河原左大臣）

晩ごはんは任せとけ！と言って初日からカレーライス。2日目もカレーライス。3日目にカレーうどん。4日目に肉じゃが（具はカレーライスと同じ）。産後のママにとって、脂っぽくて刺激物であるカレーライスはご法度ですが、それでも夫が作ってくれるだけマシ。ご飯を作る体力がないママにとっては文句の一つも言えません。

カレー地獄に突き落とされたあるママは、5日目に新鮮なカレーライス。6日目もカレーライス。7日目、「今日、うどんでいい？」って聞かれた瞬間、「カレーうどんだろ！」と叫んだそうです。

このたびは　急ぎとりあえず　かかりつけ
まさかの夫　髪を洗いに

（参考）
このたびは　ぬさもとりあへず　手向山（たむけやま）　もみぢの錦　神のまにまに（菅家）

陣痛キター　！
車出して！
はいよ！
先にシャワー浴びてくる！

わが家の1人目の出産時は、妻が産休に入ったと同時に里帰りしていたので、おしるしとか破水とか陣痛とか、そういうのはすべて義母に頼りきりになっていて、私は一切そういうシーンを見ていませんでした。なので、2人目の出産の際に、夜中に妻が陣痛開始で起きたときには、いったい何から手を着けたらいいものか見当がつかず、バタバタと焦ったものです。

ですが、世の中にはもっと過酷な妊婦さんもいて、陣痛が始まってかかりつけに向かう途中、夫がコンビニに寄って夜食とマンガを買ってきたとか、夫がタクシーを呼ぶだけ呼んで妻1人で行かせたとか、「まだ予定日になってないから焦るなよ」と持論を言い残して再び寝たとか…。

陣痛開始と同時にママの記憶中枢は限りなく活性化してますよ（笑）。

二児見れば　父は次こそ　はやしたて
わが身ひとつの　乳にはあらねど

（参考）月見れば　ちぢにものこそ　かなしけれ　わが身ひとつの　秋にはあらねど（大江千里）

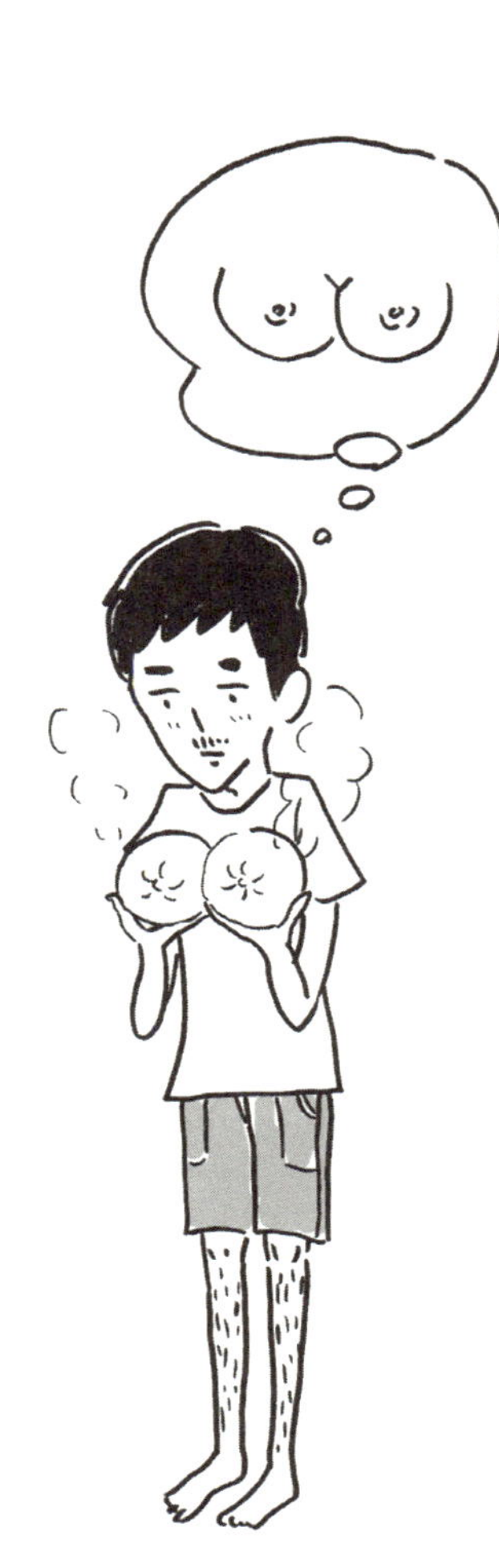

家族で出かけた際に、双子用ベビーカーに乗っている双子ちゃんを見た夫が、「両パイから授乳とか、してみたいな～。気持ちいいんだろうな～♪」と言ったそうです。授乳してみたい、という発想からして、授乳は楽しいものだという思い込みから来ているわけですが、男性にその大変さを正確に知らせるのはとても難しいのです。

このときの妻は、旦那の発言に呆れてほっといたそうですが、あとになって私に、

「渡辺さん、こういう場合に夫の腹を殴ったりするのはＤＶに当たりますか？　正当防衛ですか？」

と尋ねられました。

皆さんは、どう思われますか？

あしたこそ　よんどころない　仕事だと
ながながし夜を　ひとりかも寝む

〈参考〉
あしびきの　山鳥の尾の　しだり尾の　ながながし夜を　ひとりかも寝む（柿本人丸）

朝早いから、別の部屋で寝るわ
戸籍も別にしようか

赤ちゃんってこんなに泣くものかと、多くのお母さんが言います。ただ、これは子どもにかかわっている時間が長い人でないと分からない感覚で、そんなふうに妻が思っているほど、夫はむしろ「自分の子どもって、こんなに可愛いもんなんですね～」と言っていたりします。

妻が勇気を出して「夜中のオムツ替えくらいしてよ！」と言ってみたものの、「明日も大事な仕事なんだから、寝不足じゃ困るんだよ！」という、いわゆる平成版「誰のおかげでメシ食えてるんだ」発言が飛び出した、という話はよく聞きます。お母さんの方がはるかに重責なお仕事してるんですけどねぇ……。

と言って一度も夜中に起きたことない夫が、大事な仕事の結果を給与やボーナスに反映させた記憶は……？

23

力尽き　知恵もお乳も　しぼりつつ　末っ子長男　なにもせずとは

〈参考〉
契りきな　かたみに袖を　しぼりつつ　末の松山　波こさじとは（清原元輔）

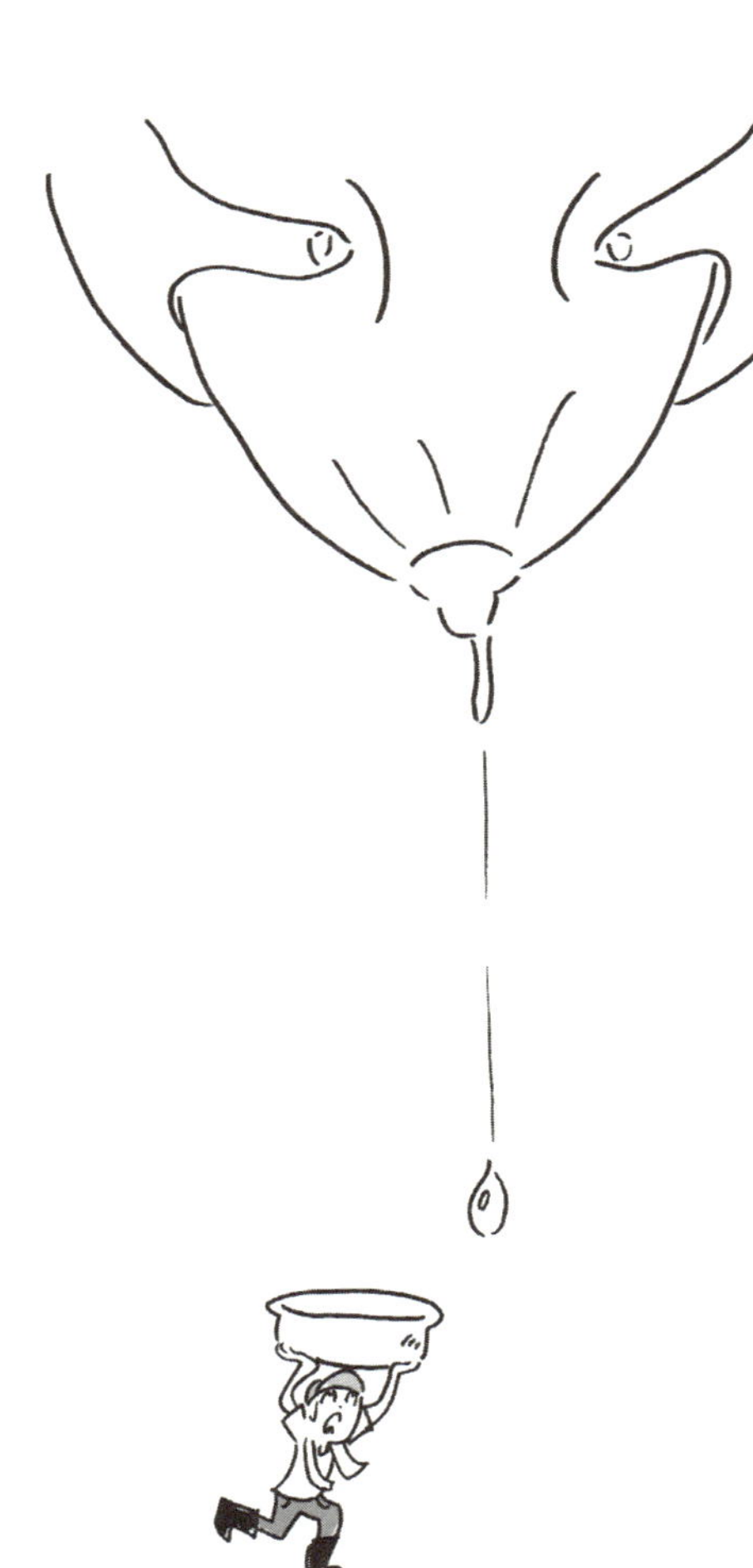

Googleの検索エンジンで、「末っ子長男」という語を検索すると分かるんですが、「末っ子長男」と「上げ膳据え膳」という語はどうやら類義語のようで、Yahoo!知恵袋でも、

「Q：なぜうちの夫は、子どもができても上げ膳据え膳なんでしょうか？」

「A：末っ子長男ではありませんか？」

というやり取りがあるくらいです。


「上げ膳据え膳」は子どもができるまでは「男らしい、古風」とされることもありますが、子どもができてようやく「役に立たない」という本来の意味で使われるようになります。ちなみに、過去に1人だけ、「うちの夫、据え膳食わぬは男の恥なんですよ！」と言われたことがありますが…それ、多分、使い方違いますよ？

24

来ぬわが子　待つだけ妻の　ふるさとに
焼くやししゃもの　身を焦がしつつ

〈参考〉こぬ人を　松帆(まつほ)の浦の　夕なぎに　焼くや藻塩の　身もこがれつつ（権中納言定家）

わが家の第一子は、私は立ち合い希望でしたが妻は立ち会いを拒否しました。

また、帝王切開の場合は立ち合い不可とか、そもそも病院全体で立ち合い不可、など夫の希望に反して立ち合いができないとき、夫は気が気じゃないですよね。


私もそうでしたが、里帰りしている妻の実家で、入院した妻から「生まれたよ」という連絡をひたすら待つ身。妻が陣痛開始から出産まで3日間かかったので、義理の実家でやることもなく3日間を過ごしていて、何もしないで食う寝るだけさせてもらうのも気が引けて、妻の実家である「お手伝い」を良かれと思ってやりました。それが義母を怒らすことに…。

知人の場合は、良かれと思って義理の家族全員分の夕食を自主的に作ったのだそうです。そうしたら、慣れないキッチンで魚を焦がしてしまい、結局迷惑がられたそうな。

25

無力さに　妻を立ち会わで　ながむれば
いづくも同じ　パパのたそがれ

〈参考〉さびしさに　宿を立ち出でて　ながむれば　いづくもおなじ　秋の夕暮（良暹法師）

邪魔になるから、あっち行っててて！
助産師さんにも言われた

出産に立ち合ったある男性、正直何の役にも立たず、妻からも「あっち行ってて！」と言われ、その場にいた助産師さんからも「パパさんは、少し外で休んでてもいいですよ」と暗黙の戦力外通告。しょぼくれて分娩室を出たところ、となりの分娩室の出口にも同じようなパパが。

こういうのって、お互い察するの早いですよね。

「……やることないっすね」「ないっすね……」自販機で缶コーヒーを買う立ち合い（の戦力外）パパ2名。

この2人はコーヒーを飲んだ後、連絡先を交換して、分娩室に戻っていったそうです。

あまつさえ　目元似すぎて　抱きづらし
義父母の姿　しばしとどめむ

（参考）天つ風　雲のかよひぢ　吹きとぢよ　をとめのすがた　しばしとどめむ（僧正遍昭）

わが家の2人目である長女が誕生して数日、入院中の妻を見舞いに行ったところ、妻から言われました。

「可愛いと思えないんだよね…」

いわゆる、産後ブルー的な感じかと思ったところ、どうもニュアンスが違うようで、娘が私の顔に似すぎていて…というか、私の父に似すぎていて、娘を抱っこすると、義父を抱っこしているような感覚になって、どうにも萌えてこない。


この子はいつまでお義父さん顔なんだろう……と思い詰めていました。

ちょっとずつ薄まっていくといいのですが、ときどき、いつまで経ってもおじいちゃんそっくりな子っていますもんね。

私も逆パターンを想像して背筋が寒くなりました。
※娘は3歳になって、かなり薄まっています（私から見て）。

お祭りの　妻のお産の　ハイ明けて
ブルー3割　1が鬱なり

〈参考〉
み吉野の　山の秋風　さよふけて　ふるさと寒く　衣うつなり（参議雅経）

ストレスで眠れないことない？
授乳で起こされるわ！

初産の出産直後は、かなりの女性が「思ったより全然元気」と思うらしく、出産報告メールを一晩中打ちまくってギラギラに冴えちゃったりして、一時的なハイ状態になることが多いみたいです。問題はその後。入院している時期にハイで過ごして、退院と同時にガクッと落ち込むというパターンなので、なかなか助産師さんに気づいてもらえないことが多いようですが、自宅に帰った母親たちは相当参っています。

厚労省の調査だと、産後のマタニティブルーが3割、産後うつが1割という数字が出ています。ただ、現場で助産師をやっていた研究者に言わせると、実数はその3倍だそう。家から出られないでメンタルクリニック等に通えない母親の方がよっぽど多いということですよね。

よく「うちの嫁は思った以上に元気なので、家事なんかも普通にやってますよ」と言うお父さんがいますが、覚えておかないといけないですよね、平気な人なんていないということを。

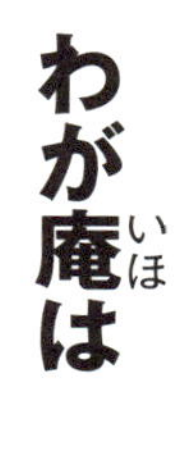

わが庵（いほ）は　赤子とふたり　修行せむ　落ち着いたらと　人は言うなり

〈参考〉わが庵（いほ）は　みやこのたつみ　しかぞ住む　世をうぢ山と　人はいふなり（喜撰法師）

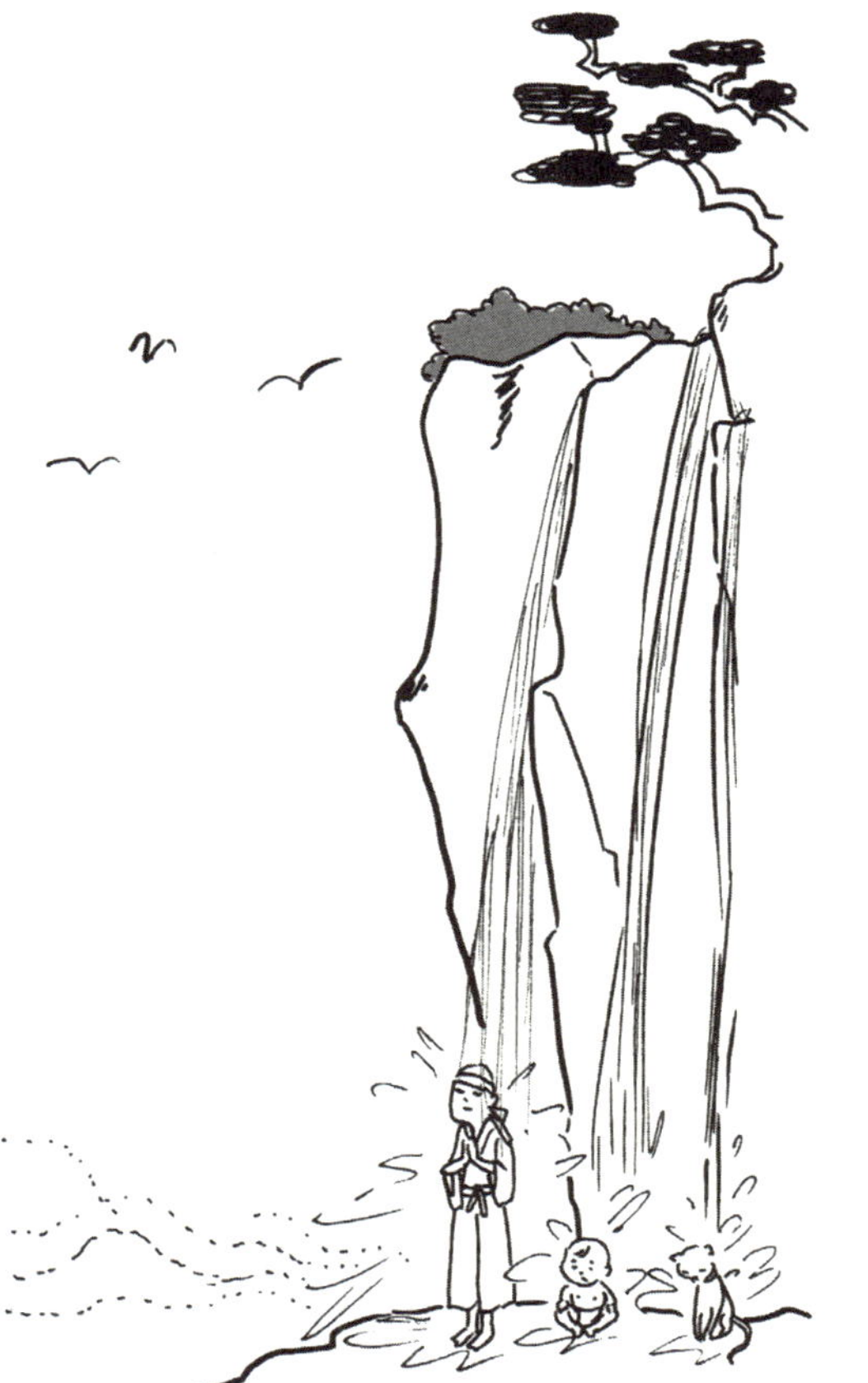

赤ちゃんが生まれました！　というメールに対して、「おめでとう！　落ち着いたころに遊びに行くね！」という返事は、もはや日本の風習というか、むしろ、そう答えないと失礼にあたるかのような勢いで多用されています。

私もそうでしたが、他人の家に赤ちゃんが生まれたと聞くと、しばらくはそっとしておかないといけないような気になって、しかも、せっかく生まれた赤ちゃんとお母さんの水入らずの時間を邪魔してもよくないという気になって、とりあえずしばらくは触れずにおくべき、という判断をしてしまいがちです。


でも、産後に、さりげなく差し入れしてもらう手作りごはんの、なんとありがたいこと…。あればっかりは、夫が会社の帰りに買ってくるコンビニ弁当とは違うんですよね。

おにぎりでもいいんです。うまいとかまずいとか、そういうことではなく、産後すぐに他人が気遣ってくれたという愛情には、何ものも勝てないんですよね。

29

部屋の隅　壁に寄るたび　夜さえや
夢の中でも　独りになれぬ

〈参考〉
住の江の　岸に寄る波　よるさへや　夢の通ひ路（ぢ）　人目よくらむ（藤原敏行朝臣）

「目の中に入れても痛くないくらいカワイイ」と言う父親が多いというのに、どうして母親はそう言わないのか。新生児と一日中離れられない母親にとって、この子の健やかな成長だけが生きる喜び！　…と思えるかどうかは人によります。もしかしたら、30分でもいいからこの子のことを忘れたい、と思っても不思議ではないはず。

決して、わが子が可愛くない、育児が向いてない——というわけではないんです。

ときどき、子どもと2人でいる間はトイレにも行けない、という女性がいますが、子どもの命を預かるということはとんでもないストレスがかかっているんですよね。子どもが寝るふとんをトイレの前まで引きずって行って用を足す、というママもいるくらいです。

人も惜し　人もうらめし　わが子かと
夜を迎えるたび　もの思う身は

〈参考〉人もをし　人も恨めし　あぢきなく　世を思ふゆゑに　物思ふ身は（後鳥羽院）

子どもの寝顔は天使だな
あんたにさえ似てなきゃ

よく、子どもの寝顔を見ていたら昼間憎たらしいと思ったことも忘れる、と言いますが、世の中誰もがそんなに余裕のある人ばかりじゃないです。出産直後に自宅で子どもと2人きりでいるお母さんは、時間の感覚がなくなってくるので、気づけば夜…今日も一日が終わってしまう。このまま自分は、自分自身の時間を過ごすことを許されないまま、いつまで子育てロボットでいるのだろう…と思うことだってあります。束の間寝てくれた赤ちゃんを見ながら、「なぜ可愛いと思えないんだろう…」という葛藤と戦っていることもあります。

そういうお母さんにとっては、「そのうち可愛く思えるわよ」とか「可愛いのは今だけよ」というのは励ましにならないんですよね。

31

やすらはで　寝なましものを　小夜更けて　復職までの　LINEを見しかな

〈参考〉やすらはで　寝なましものを　さよふけて　傾く(かたぶ)までの　月を見しかな（赤染衛門）

かつて「育休切り」に遭ってしまった女性にヒアリングさせていただいたときに聞いた話です。彼女は保育関係の仕事をしている方で、休みに入る前は職員同士LINEで連絡を取り合って、子どもの様子やシフトの確認などをしていたんだそうです。そのLINEグループを産休育休中も抜けることなく、働いている同僚の様子をずっと追いかけていたとのこと。

仕事の勘を失うのが怖かったり、社会とつながっていることを実感したかったり。複雑な思いとともに、一晩中LINE上のやり取りを見ていたこともあったそうです。

本来の赤染衛門（あかぞめえもん）の元歌は「パートナーが来るのを一晩中待っていたけど夜が明けても来なかった」という、これまた産後にピッタリの歌ですが、社会とのつながりを求めるLINEの歌のお母さんの気持ちも痛切です。

契りおきし　翌月復帰を　うらめしく
あわれ今年の　空きもあるかは

〈参考〉
契りおきし　させもが露を　いのちにて　あはれことしの　秋もいぬめり（藤原基俊）

ばあちゃんに保育を頼もう！
去年亡くなりましたけど

初産のお母さんで「出産の翌月に会社復帰する予定」というプレママが結構多いです。一度でも出産を経験すると、産後1カ月の体調・精神状態がどんな感じかというのは身に染みると思うのですが、初めてだと分からなくても当然ですよね。果たして、勤務先の会社では、産休女性社員の復帰を産後1カ月に設定することに違和感を感じる上司がいなかったのかと不思議になります。

産後は体の回復を待つのに相当な時間が必要ですし、もうひとつの課題、子どもの預け先があるか、というのも大事なところ。地域にもよりますが、多くの場合4月入園でない時期に空きを確保するのは本当に大変。

復帰時期は、会社の先輩やお産先の助産師さんなどによく相談して、自分の体とも相談して、慎重に決めたいですよね（☝というのを、ぜひパパに知っておいてほしい）。

33

鍵閉まり　わが子と妻の　寝入り際　人に知られで　くるよしもがな

〈参考〉
名にしおはば　逢坂山（あふさか）の　さねかづら　人に知られで　くるよしもがな（三条右大臣）

ある子育て雑誌の取材のときに、「読者が選ぶイクメンの条件」ということで、「夜中に帰宅したときは家に入らず自家用車の中で寝る」というのが第1位になったそうで、それに対する補足コメントを求められたことがあります。夜中に帰宅するだけでイクメン候補から外れてしまうのですね…世知辛い世の中です。

一方、終電で自宅に帰ると、自宅の玄関チェーンがかけられていたらしく、自宅に入れなくなってしまったという被害もあります。妻も悪気があったわけではなく、赤ちゃんをお風呂に入れる際に、家じゅうの戸締りを確認するわけですが、そのとき既に眠気と疲労でフラフラになっていて、誤って玄関チェーンをかけてしまうことはありますよね。その場合はみだりにインターフォンを鳴らさず、速やかに自家用車、または公園に向かうのがイクメンなのでしょうか。

34

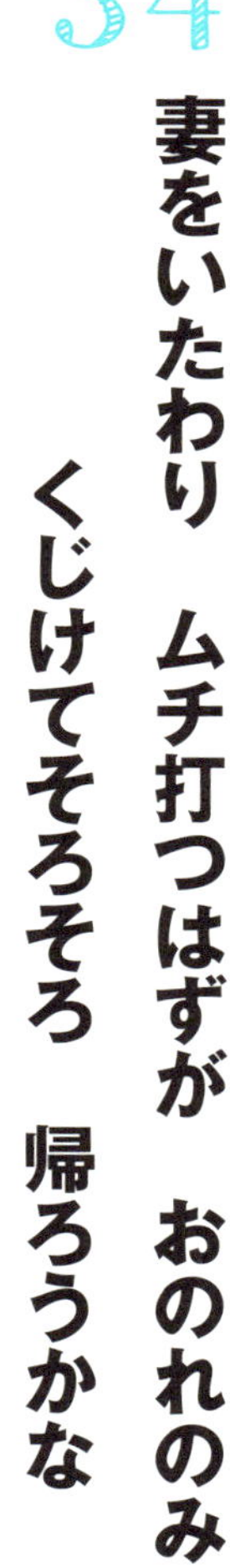

妻をいたわり　ムチ打つはずが　おのれのみ
くじけてそろそろ　帰ろうかな

〈参考〉風をいたみ　岩うつ波の　おのれのみ　くだけてものを　思ふころかな（源重之）

男性向けの子育て講座などで必ず教えられる「パパは子どもを連れだして、ママの1人の時間を作ってあげましょう」というやつ。問題は、どのくらいの時間そうしているのが適当かということ。男女において、この時間感覚の違いは非常に重要です。

一般的には、妻の側からしたら2~3時間から半日くらいは解放してほしいと思うのでしょうか。でも、夫的には、「1時間でいい?」とか、町内を一周してくるからその間休んでいいよ（〝超〟上から）っていうイメージなんでしょうか。

私もときどき、気を利かせて（☝つもり）子どもたちから妻を解放するために子どもを公園に連れだしたりして、2時間を目標にスタートして、様々な理由により30分くらいで帰ってくることがあります。

35 嘆きつつ　ひとり塗る夜の　明くる間は　いかに短き　ものとかは知る

〈参考〉嘆きつつ　ひとり寝る夜の　明くるまは　いかに久しき　ものとかは知る（右大将道綱母）

馬の油というと、ヤケドやあかぎれに使うものとばかり思っていましたが、妻が出産した産院でいただいた「退院グッズ」（お祝い品など）の中に馬油（バーユ）が入っていたのです。これ、乳首に塗って、授乳でできたダメージをケアするんですよね。妻は、馬油を塗った上からラップをかぶせて厳重に保護していました。

オッパイの熱を下げるためにキャベツを乗せる人もいるそうです。

腰痛とか足がだるいといったときのマッサージは私にもできますが、さすがに馬油を塗るお手伝いをするのもどうかと思って遠くで見守っていました。油がなじむころには次の授乳…。また油、ラップ、授乳…。あのときばかりは馬油を応援していました。

ひじてつの　当たり寝ぼけて　夜の灯に
しず心なく　妻と目が合う

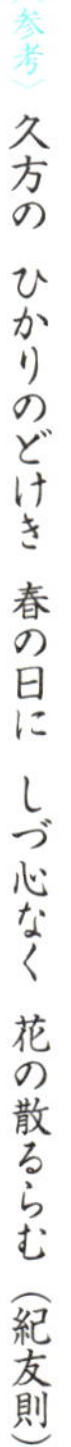

〈参考〉
久方の　ひかりのどけき　春の日に　しづ心なく　花の散るらむ（紀友則）

産後に私がもっとも神経過敏になったのが、夜中に妻に無言で起こされるときです。蹴られるんならまだいいんですよ、オムツ替えで娘が泣いたときに私が起きなかったら蹴って起こす、というルール（非公認）があったので、蹴られたらそれが指示なんです。

蹴りじゃないときっていうのが恐怖なんです。それは「自分で考えて動け」という意味だからです。妻だって眠いので、いちいち夫に指示を出している余裕などないわけです。ここはできるだけ寝たふりをしてごまかしたいところなんですが、ひじてつが入って思わず目を開けて、妻と目が合っちゃったりしてしまったときは、もう終幕です。
真夜中の渡辺は敬語です。

哀

37

わびぬれば　昨日と同じ　カップ麺　身をつくしても　いかんともせず

〈参考〉わびぬれば　いまはたおなじ　難波なる　身をつくしても　逢はむとぞ思ふ（元良親王）

カップ麺ばっかりだと体に悪いんじゃないか？
残業続きは妻に悪いと思え

出産直後のママが、赤ちゃんをおんぶして、台所で立ったままカップ麺…、栄養面で怒られそうな話ですが、産後を経験した女性に聞くと、赤ちゃんとの生活ってそんなもんだ、とのこと。だって、誰も昼食作ってくれる人がいなければ、自分で作るしかないし、かといって、子どもが泣けば、作れない・ゆっくり食べられない・洗えない…ですから、それらを総合すると、「カップラーメンしかないか…」となってしまうのは不思議ではないと。

それを察した夫が、大量にカップラーメンを買いだめしてくれて、しかも妻は「夫はお昼ごはんのことも考えてくれる、優しい人だ」と思うわけですから、産後のお母さんの日中の生活たるや過酷です。友人やご近所さんに、「お昼ごはん作ってもらえませんか？　願わくば、私が食べてる間、赤ちゃんを抱っこしてもらえると助かります」なんて気軽に言えるようになるといいのですが。

今はただ　思う気持ちに　戸を立てて　楽しめないと　言うよしもがな

〈参考〉
今はただ　思ひ絶えなむ　とばかりを　人づてならで　いふよしもがな（左京大夫道雅）

新入社員のうちは「こんな仕事をしたいわけじゃなかった」とか「会社の制度の問題で働きづらい」などと文句を言っても聞いてもらえますが、責任ある地位になればなるほど、会社や仕事を悪く言いづらくなりますよね。お母さんも、育児が楽しくないとハッキリ言えたらどれだけラクになるか。でも、責任をもってやっていればいるほど、育児が楽しくないとか子どもが可愛くないというのは言ってはいけないような気がしてきます。

このことは男性には理解しがたくて、だからこそ、妻から夫にも言いづらい。つまり、母親は誰にも相談できないでいるかもしれないということなんです。

哀 39

ふるさとは　ラクぞ寂しさ　まさりける
人目も夫も　来れぬと思えば

〈参考〉
山里は　冬ぞさびしさ　まさりける　人目も草も　かれぬと思へば　（源宗于朝臣）

里帰り中、旦那は来なかったな…
里帰り中が最後の独身生活だったな…

里帰り出産にはメリットもあるし、デメリットもありますよね。デメリットとしてよく聞くのは、実母（または義母）による過干渉と、もしくは真逆の無干渉。いろいろやってもらえるのも疲れちゃうし、何にもやってくれないんじゃ里帰りの意味ないじゃん、ってことです。苦痛だから里帰りを早めに切り上げた、という話も聞いたことがあります。

逆に、夫が里帰りに反対しているケースも結構ありますよね。子どもに会えなくなるし、じいちゃんばあちゃんに「いいとこ」を持ってかれそうな気がする。

もちろんメリットもたくさんありますから、うまく里帰りするのに越したことはないですよ！

※夫にとっての「いいとこ」は、大概シャッターチャンスとかそんなところですから。

許されば　門出の祝い　訪れて
足のやり場と　お茶うけぞなく

〈参考〉夕されば　門田（かどた）の稲葉　おとづれて　蘆（あし）のまろ屋に　秋風ぞ吹く（大納言経信）

2人目の産後、私の両親が赤ちゃんに会いに上京してくるというときに私が仕事で自宅にいない、ということがありました。妻の理解があったので、仕事に行かせてもらえたんですけども、普通、夫の両親が遊びに来るのに夫不在ってありえないですよね。出産直後は義父母とか関係なく、来客そのものが負担ですもんね。

パパがいくら「ママは寝てていいんだよ」と言ったところで、来客が産後のお手伝いならともかく、普通に赤ちゃんを見に来るような感覚だと、ママからしたら、部屋が散らかってたら、だらしないと思われるだろうな…。お茶とお菓子くらいは出さないと失礼にあたるよな…。などと考えて、ついつい掃除を始めたりするものです。
お断りするのも夫の大事な仕事です。

あわやケガ　風邪や流行りや　泣く声に
いくつ問われる　妻の責任

〈参考〉

淡路島　かよふ千鳥の　鳴く声に　いくよ寝ざめぬ　須磨（すま）の関守　（源兼昌）

子どもがケガをしたことを、仕事から帰った夫が知り「なんでケガなんかさせるんだ！」と怒った、という話はよく聞きます。私も、最初の子が小さいときには寝てる顔しか見られないほど忙しい会社に勤めていたので、昼間どんな風に子どもがすごしているかをまったく知りませんでした。子どもがケガをするなんてよっぽど妻が不注意なことでもなければありえないと思っていました。

でも、ある程度子どもが動くようになると、もうケガしない方が奇跡というか。子どもは年に12回風邪をひくらしいので、毎月1度は発熱があってもおかしくないじゃないですか。そうすると、月に1度も病院に行かない場合は表彰ものだと思うんですよね。ケガせず風邪もひかないような遊び方って、きっと「健やかに育ってほしい」と言ってイメージする遊びではないんでしょうね。

42

朝ぼらけ　乳と肩張り　たえだえに
現れやがる　熱にたじろぎ

〈参考〉

朝ぼらけ　宇治の川霧　たえだえに　あらはれわたる　瀬々の網代木（あじろぎ）（権中納言定頼）

母親のくせに
風邪ひいてる場合
じゃないだろ！
休日出勤している
父親は…

出産後の母親は、よく発熱するんですよね。免疫力が落ちていたり、赤ちゃんに栄養をあげているので自分の分は後回しになったりで、体力が低下しているからだそうです。

すると、妻の発熱によって夫が仕事を当日いきなり休むことは難しいので、(何の手立ても思いつかなかったら) 発熱した妻と赤ちゃんを置き去りにして出勤するケースはままあります。

うなされながら実母に電話でヘルプを求めるママ。駆けつける実母。ムコが娘を置いて会社に行ったことを知り激怒する実母。ちょっと若い世代の先輩たちは、昔のように男は働いていればいい、というアタマじゃないですからね、「妻が大変な時に仕事している夫がどこにいるんだ!」と怒られたことがあるのは、私だけじゃないのでは…?

43

髪切りと　薬　コーヒー　酒は控え
昼寝耐えつつ　ネットこそ友よ

〈参考〉
御垣(みかき)もり　衛士(ゑじ)のたく火の　よるはもえ　昼は消えつつ　ものをこそ思へ　（大中臣能宣朝臣）

産後のママからよく聞くストレスが、美容室と歯医者。そして、薬を飲めないこともしんどい。産後は体調を崩しやすくなってよく風邪ひくので、それを薬なしで自力復活しろというのはかなりの修行です。

また、切実なのが、「出産前に寝溜めしておけばよかった……」という意見。お母さま方、本当にお疲れ様です……!!!

一方、ストレス解消でここ数年一気に増えたネットショッピング。今は家にいながら買い物できますから、夫が帰宅したらアマゾンの段ボールが積んであったという話も最近よく聞きますよ。わが家のパソコンも、妻の産後しばらくは、インターネット画面の右側の宣伝スペースに、アマゾンの韓流DVDの検索履歴ばっかり並んでましたもん。

44

抱きながら　お風呂に入るの　慣れにけり　十月（とつき）の息子　立たずもあらなむ

（参考）

高砂の　尾上（をのへ）のさくら　咲きにけり　外山（とやま）のかすみ　立たずもあらなむ（権中納言匡房）

ようやくお風呂に入れるの慣れてきたな…
抱っこしたままで、自分の頭洗ってるの？

ベビーバスでの沐浴ってけっこう大変ですけど、大人と一緒にお風呂に入れるようになると、それはそれでまた大変。ママが1人で子どものお風呂をやろうとすると、先に子どもを洗って、バスタオルにくるんで脱衣所に寝かせ、猛急で自分の入浴を済ませて出てくる、ということになったりします。

そして、これが慣れてきたころに、次の難関。子どもが動けるようになるわけですよ。こうなっちゃうと、脱衣所に寝かせておくわけにもいかなくなって、ますます入浴難易度が上がりますよね。お風呂に入るのも出るのも子どもと同じタイミングですから、このときばかりは「まだ立つな!!」って思うわけです。

敬

45

見せ場やな　お尻の谷間　拭くだにも　濡れにぞ濡れし　紙は少なく

〈参考〉見せばやな　雄島(をじま)の海人の　袖だにも　濡れにぞ濡れし　色は変らず（殷富門院大輔）

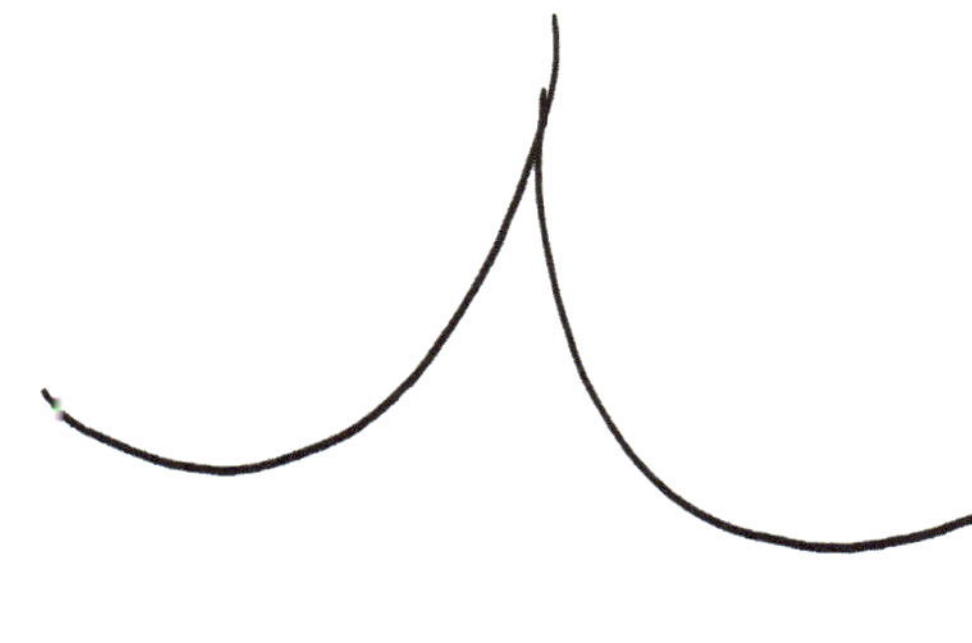

子どもたちの通う保育園で、布オムツ（保育園支給）が使われている間は、その洗濯費用とともに「清拭布（せいしきふ）」という料金もかかっていて、おしり拭きを使った枚数だけ代金を納めることになっています。

この枚数が私の中のおしり拭き使用料の基準よりもだいぶ少ないわけです。オムツ交換の枚数からしたら、おしり拭きはこれくらいは使うだろう、という予測を裏切る量なんです。ケチったらおしりがかぶれちゃうじゃん、って思うんだけど、かつてそれが原因でかぶれたことはないので、適正量なのでしょう。

思い返せば、子どもが生まれたときからずっと、妻に「おしり拭き使いすぎ！」と怒られてきました。もっと思い返せば、子どものときから母親に「そんなにトイレットペーパー使うんじゃない！」と注意されてきました。

46

夏の夜は　まだ暑いから　起きれても
冬の夜泣きは　次決めるらむ

〈参考〉夏の夜は　まだ宵ながら　明けぬるを　雲のいづこに　月やどるらむ（清原深養父）

夜中のオムツ替え、ジャンケンで決めない？
夜中の授乳もジャンケンね

夜泣きで夫を起こしちゃ悪いから、っていう優しさで夜は寝かしといてあげる、という夫婦、最近はあまり聞かなくなりました。昼間会社で働くのと、昼間マンツーマンで赤ちゃんのお世話するのと、どっちが大変かっていうことが、少しずつ認知されてきているのでしょうか。特に真夏や真冬は分担が必須ですよね。

ある夫婦は、夜中のオムツと寝かしつけを必ず交互にやることとして、酷寒の冬を乗り切ったそうです。また、日によって担当を決めているという夫婦もいました。わが家のように、妻は授乳で必ず起きなきゃいけないから、オムツ替えは夫の専属としたっていいと思います。

問題は、ウンチがはみ出して急な洗濯が必要になるなどの突発事態をどう切り抜けるかですよね。

47

夜中には　常にもがくな　寝かしつく　下でしびれる　右手哀しも

〈参考〉世の中は　つねにもがもな　なぎさ漕ぐ　海人の小舟（をぶね）の　綱手かなしも（鎌倉右大臣）

子どもの寝かしつけってすごい大変で、さらに寝た後に起こさないようにふとんに置くのも、なかなかのミッションです。正直、私は寝かしつけが苦手なのですが、そんな中でも寝かしつけに成功すると、妻は長年の経験から、寝たらすぐにふとんに置けと私に指示を出すんです。でも、こっちは素人ですから、素人判断で、ぐっすり寝入ってからでないと起きやすいんじゃないか？　と思って、置くのに躊躇するんです。それが失敗なんですが。

そのうちだんだん、置くのが面倒になってきちゃって、いっそのこと一緒に昼寝してやるわと思って、抱っこで寝た娘をそのままお腹の上で寝かせて、自分も仰向けになって寝るという横着をします。でも結局、子どもの下敷きになった腕がしびれて動かざるをえなくなり、起こしてしまう。こういうところ、妻から見たら、なんでわざわざメリットのまったくないことするんだろう？　って思われてるんでしょうね。

風呂上がり　汗もまだある　湯たんぽに
上の子登る　夏のやさぐれ

（参考）むらさめの　露もまだひぬ　真木の葉に　霧立ちのぼる　秋の夕暮（寂蓮法師）

ちゃんと髪乾かさないと
風邪ひくぞ？

この子は熱くて
汗かいてんのよ

2人目の生まれたころの写真を見ると、妻が必ず汗をかいています。七月生まれというだけではないと思うのです。新生児ってとにかく暑い。抱っこしてても、湯たんぽ持ってるみたいなもの。お風呂出た後の授乳なんて地獄ですよね。

そこに、上の子（当時3歳になったばかり）が「ママ、だぁっこぉぅ」と言いながら迫ってくる。でもママは赤ちゃんを抱っこしてるので、やむなく背中にしがみつくという。妻も、あまりの暑さに怒ることもできず、ただただぐったりしていました。

悪い露　子宮復古の大号令
産みはずかしめる　会陰切りける

〈参考〉白露に　風の吹きしく　秋の野は　つらぬきとめぬ　玉ぞ散りける（文屋朝康）

出産・産後に関する用語って、おどろおどろしいものが多いです。その筆頭にいるのが「悪露（おろ）」。産後の出血が「悪い露」って、どういうことだと。漢字の印象だけでいうと、どこぞのチーマーの「悪露死苦」って感じ。それから、「子宮復古（しきゅうふっこ）」。明治維新以外で「復古」という言葉を使うかねと。

そして、「産褥（さんじょく）」ね。「褥」は、ふとんを意味していて、「辱（はずかし）め」という意味はないんですけど、でも、この字のインパクトは完全に、辱めですよ。

「会陰切開（えいんせっかい）」なんて、意味が分からなくてもとにかく痛そう。立ち会い出産を増やそうと思ったら、せめて読みだけでも、「えいん」じゃなくて「あいーん」とかにすればいいのにね。

昼も夜も　汗もオムツも　たまりゆく　甲斐なくこぼす　何度干しけれ

（参考）春の夜の　夢ばかりなる　手枕に　かひなく立たむ　名こそ惜しけれ（周防内侍）

赤ちゃんって洗濯が多くてツラいだろ？
ワイシャツの臭いの方がよっぽどキツイ

やってもやっても洗濯が終わらない…。わが家の2人目の産後は、毎朝洗濯機を3回まわすのが日課でした。7月生まれの子どもなので、本人も汗をかきますし、何しろその子を抱っこする妻が汗だくの育児をしていましたから、妻と子ども分で洗濯があふれ返っていました。洗濯機で対応できない汚れ物もありますから、手洗いも毎日。

そして思い返せば、子どもが少し大きくなって離乳食を食べるようになったころ、毎週のようにカーペットをコインランドリーに持って行った記憶があります。子どもが嘔吐したカーペットと子どもの服を一緒に洗って怒られた記憶もあります。

51

ええいああ　育児の道の　遠ければ
まだメールも見ず　泣くの済むまで

〈参考〉
大江山　生野（いく）の道の　遠ければ　まだふみも見ず　天の橋立（小式部内侍）

赤ちゃんが泣きやまないから一日中抱っこしていた、ということはあるわけです。泣きやまないから晩ごはんを作れなくて、それを夫にメールすることもできない、ということもあり得ます。こういうとき、妻は、とても申し訳ない気持ちになるのだそうです。夫のご飯も作れず、子どものご機嫌も取れず…と。疲れるとか投げ出すとかよりも先に、申し訳なく思うんですって。

認可保育園のポイントみたいに、子育ての状況に応じてポイントをつけて、その大変さを可視化したらいいのに、と思います。
実家が近所にない場合10点、夫の帰りが常時8時を過ぎる場合15点、夫が靴下を洗濯機に入れない場合5点——合計40ポイントを超えたら、週に1日育児から完全解放っていう感じに。

【引用文献】
日本の文学古典編『百人一首秀歌集』市古貞次・小田切進編、ほるぷ出版、一九八七年

2章

公募作品誌上選評対談

宋 美玄×渡辺大地

産後の気持ち、みんなわかって！

産婦人科医師の宋美玄さんは『産婦人科医ママの妊娠・出産パーフェクトBOOK－プレ妊産編から産後編まで！』『産婦人科医が35歳で出産してみた』などの著書があり、多くの読者の共感を呼んでいる。２人の子どもを育てながら、仕事に、女性のからだとこころの健康に丁寧に向きあう宋美玄さんと渡辺大地さんの対談が実現した。（２０１５年12月25日にて）

渡辺　僕は産前産後の家事代行という会社をしているので、産後についてブログでいつも発信しています。その中で百人一首の文字をちょっとずつ変えて「産後百人一首」をアップしていました。百首ぜんぶアップしおわったところで単行本の企画をいただいたので、ブログを読んでくださっている方たちからもご自身の産後、パートナーの産後について詠んでほしいと公募をしたんです。これは面白い！　といったものを今回34首、選びました。

宋　もっといっぱいあったわけですね。

渡辺　多い人はひとり10首ぐらい書いてくれる方もいました！

宋　熱心でいいですよね。男性側と女性側と、どちらの応募が多かったのですか。
渡辺　圧倒的に女性ですね。
宋　伝えたい気持ちが溢れないと歌ができないから、女性のほうが「産後」に対して、いろいろ思っていることが多い。
渡辺　詠むときのエネルギーになるんですかね。
宋　みんなわかって！　こんなうちのダンナ!!
渡辺　宋さんの旦那様はいかがですか。
宋　一子のお産のときは、私は実家の大阪に里帰りしたのです。ノリで三カ月もいたから、夫は週末に来るぐらいで。私と子どもと東京の自宅に戻ったとき、なんか温度差があった。これはいかんと思って、二子の産前産後は母親に東京の自宅に来てもらっています。夫は前ほどではないけれども、やはり仕事が忙しいから、家にいるときは子どもを抱っこしたり、お風呂に入れたりするけれども。接待ですね。（※選評会当時、宋さんは第二子のご出産直後でした）
渡辺　赤ちゃんに対する接待ですか。
宋　夫に接待ですね。私が夫に「僕も育児をしている」という気持ちにさせるために、お膳立てして、「あっ、パパ帰ってきて喜んでいるよ」とか。お風呂も、ピンポーンとなったら、ハイハイハイって子どもを風呂場に連れていって、ピンポーンとなったらハイハイハイって、子どもを受け取りにいく。最近は「僕、けっこうやっている」みたいな感じで、「マミちゃんってこうだよね」とか言う。マミちゃんは他にもいろいろあるんだけどなあ〜、まあ、いいか。そういうことにしておこうかみたいな感じで。（※「マミちゃん」は宋さんの長女）

渡辺　前回と比べると（旦那様の）仕上がりとしては、いい感じなのですか？

宋　全然仕上がってはいないです。でも、前のときは「これ、僕の子ども？」が、いまは「お、息子よ」みたいな感じになっていますね。すごく多くを望まないようにしているんで。

公募の歌を見ていると、けっこう、夫の理解がないと詠んでいる人が多いですね。どこまで求めるか。そのあたり、大地さんは完璧な感じですよね？

渡辺　妊娠中から妻に怒られています。

宋　どんな点で怒られるのですか。

渡辺　僕は全然ごはんを作れないんですよ。妻・琴美さんの三人目の妊娠ではじめて作っていまして。料理のレシピが頭にはいってこないんです。お味噌汁がひとりで作れない。

宋　クックパッドとかみたらいいじゃない。

渡辺　妻も「それぐらいクックパッドをみて作れよ」と言います…。

宋　私もキッチンにタブレットを立てて、クックパッドを見てそのとおりに作っている。

渡辺　僕はそれができなくて、聞いたほうが早いなと思って、つわりで横になっている妻に聞いちゃうんですよ。「出汁いつ入れるんだっけ?」「何回言わせるの。クックパッドを見ろ!」。

宋 どうしてクックパッドを見ないで、妻に聞こうとするの。

渡辺 仕事ならばしっかり調べて、完成度の高いものを作ろうとする意識はあるんですが、料理って自分ごとではなくて、いま代わりにやっているというところがあるのかも。だからそのつど、妻に指示を出してくれよという意識はどこかにあるのかな。

義母、止められない

渡辺 では、さっそく選評に入りますね。宋さんが、これは! と思った歌はありましたか。

宋 このね、親世代がおっぱいに口出しするの、めっちゃ、あるあるだと思うんですよ。

「泣く長男　義母がつぶやく　枯れおっぱい　これが枯れなら　お前のなんだ」

渡辺 今回ものすごく、義母(をテーマに詠んだ歌)が多かったんですよ。

宋 お産とかもそうなんですけど、とにかく来たがる人っているじゃないですか。

「入院中　何してほしいと　義母が聞く　帰ってほしいと　心で思う」

義母って他人でしょう。陣痛で、ウー！ ウー!! と叫んでいるところを見られたいかって。

渡辺 やっぱり、ダンナさんが母親を連れてきたいということですか？

宋 義母が「孫が産まれる！」とやって来る。妻はダンナに止めてほしいけど、男の人ってあんまり親にズバッと言えないじゃない。それで妻のほうに「我慢してくれ」「なんで、こっちが我慢しなくてはならないのよ、お前が止めろ、責任もって」みたいなこと。

渡辺 現場でもけっこうあるんですか、義母が来ちゃうこと。

宋 ありますよ。私がいままでみた義母で、いちばんサイテーなのは、赤ちゃんを産んだ直後のママがうわーんと泣いていて、「どうしたの？」と聞いたら「むこうのお母さんが勝手に赤ちゃんの名前つけた！！！」

渡辺 生まれた直後におばあちゃんが（絶句）。

宋 名前決まったわよと、もうその名前で呼びかけていた。旧家名門のしきたりで義父が孫の名前を決めるという場合はあるかもしれないけれど、その義理のお母さんはノリで、○○ちゃん。単にデリカシーがない。私物化している感じ、ママがめっちゃ泣いていましたよ。ダンナさんも「うちのお母さんはあんなんやから止められない」とか言っている。義母を止められない夫はそれだけで見ていて不甲斐ないし、将来が心配になりますよね。

渡辺 「帰ってほしいと　心で思う」これは、この裏にダンナの存在がいないといけないですね。

宋　そうなんです。夫に「お前が帰らせろや」。

渡辺　「義母がつぶやく　枯れおっぱい」の歌もそうですね。義母に好き放題を言わせてんじゃねえよみたいな。

宋　おっぱいのことに夫が口出しをしてきて、夫の理解が全然ないと詠んだ歌もありましたね。

「**完母まで　十カ月の道　苦労して　夫の理解や　雨のひと粒**」

これ、夫に理解させるのって、むずかしいと違うんやないかな。

母乳への理解、道のりけわし

渡辺　私の「父親学級」に来るお父さんで、自分も粉ミルクをあげたいという人がけっこう多いですね。お母さんからすると完全母乳がいいという方もいる。やっぱり、完母については（夫が理解するのは）むずかしいですか。

宋　基本的に授乳って、お母さんがこうしたいというのに周りが合わせるのがいちばんいいと思うのです。夫が僕も粉ミルクあげたい〜の逆で、妻が子どもに粉ミルクをあげようとすると

「粉ミルクをあげて弱い子にならない？」。母乳が不足で足しているのに「ほんとうに粉ミルクを足していいのか」みたいに言われたら、「じゃあ、おまえが母乳出せよ！」になるよ。

渡辺　夫は母乳育児について、ふれないほうがいいということですか。

宋　夫は妻の方針を尊重してお手伝いする。私は母乳で頑張ろうとおもっていたけれども、やっぱりちょっと…と変わることもあるから、確認する。けっこうデリケートですから。

渡辺　ちょくちょく確認しておくことが大事ということですね。夫のほうから「おっぱい、どうなの最近？」と聞くのもあれですよね。

宋　基本的には、妻から夫に言ったほうがいいのでしょうけれども。セックスレスの話もそうですけれども、男性に当事者意識がない。男性はまったく気がきかないから女性のほうから言ってあげないといけない…で、話はいつも終了する。女性からいちいち説明したり、お膳立てしたりしなくてもいいように、男性のほうにも動いてほしいのですけれども、まだ今の日本では難しい。

後進国・日本を脱したい

渡辺　ちなみに海外では、その辺のことがうまくいっているところはあるんですか？

宋　まったく男性側には当事者意識がないという点では、日本は先進国のなかでは下位。イギリスのキャサリン妃が産後すぐに退院して、会見したのを見て、「イギリスでは産後入院は一泊、すぐに退院する」という焦点の当て方をするけれども、自宅に戻ったら、夫とか他の家族が手伝っているから産後すぐに退院できるの。日本の場合は家に帰ったら、すぐにいままでどおりに掃除・洗濯・料理、夫の世話、育児、ひとりでなんでもしないといけない。夫は育休もとらず。日本は意識を変えるのは難しい。制度を変えても制度をつかわない。

自民党国会議員の男性の育児休暇をめぐる騒動がありましたが、育休中に給料を支払うなんて国民の税金をなんだと思っているのかと野党は揚げ足とりなのでしょうが、反目すればいいというものではない。まず、国会議員が率先して育休をとり、みんなで応援する。パフォーマンスでいいからやれと思う。男性には育休をぜひとも取っていただきたいけれども、現状では定時退社だけでもたいへんですね。

渡辺　せめて、1年間は定時に帰れるようにしてもらいたい。ところで、男性で2カ月育休を取った友人がいました。復帰するときに、怖かったらしい。会議についていけるか、パソコンの腕が落ちているんじゃないか。だから、妻が1年以上も産休、育休を取ってその状態で職場復帰するのは、ものすごく怖いんだろうなというのがわかったという話をしていました。男性がまとめて休むのも、そういう感覚を体験する意味でいいのかな。

宋　まあ、そうですけどもね。どの程度、キャリアがあるかによりますね。新卒で、すぐに育休だったら、またゼロに戻っている。女性だけが浦島太郎気分を味わうのではなく、男性もこういう感覚になるんだって分かってもいいかなと思う。

確信犯・狸寝入り亭主

宋　最近、ちょっと子どもをお風呂に入れたり、休日に子どもとちょっと遊んだりするだけで、バーンとフェイスブックに写真をあげて「おれ、イクメン」。あれを見て、めっちゃ腹立った。奥さんがふだんずっとやっているのに、「おまえ、ちょっとやっただけで、アッピールすんなよ、ボケ」みたいな（笑）。

渡辺　あれはウケがいいんですか。

宋　育児中の女性が見て「この人、家庭的でいい人！」っていうイメージアップになるみたいですね。イクメンアピールに腹を立ててもダメやね。私も、そっか、「イクメン！」と言って、男性をおだててでも、育児に参加してもらったほうがいいんかなと思ってます。

渡辺　夫がらみの歌で気になるものはありますか？

宋　やっぱりおもしろいのは愚痴系になっちゃうのですけれども、

「夜泣き声　知らぬ夫の　高イビキ　身を尽くして　やらんぞと思う」

どうして男は夜泣きしても起きないんだろう。

渡辺　僕の調査によると、起きているんです。起きているんだけど、起きていないフリをする。世間的には「男の人は、赤ちゃん泣いても起きないよね」って言われているじゃないですか。それを利用して狸寝入りをしている人がすごく多いってことが最近わかってきました。僕の場合は、何回か妻から蹴りを入れられたので起きましたけれども、実力行使にでるのがいいですかね。

宋　夫婦違う部屋で寝ている人、けっこういますよ。

渡辺　夫のほうが日々の仕事に支障がでるから「俺、別の部屋で寝るわ」ということ？　それって、けっこう昭和的なにおいがしますけれども。

宋　妻のほうも手を出されてもうっとおしいし、どうせ役に立たないから、視界からないほうがマシというのをけっこう聞きます。夫には子どもを寝かしつけるまで時間をつぶして帰ってきてほしい。帰ってくると育児のペースが乱れるからという人は多いですね。

渡辺　僕も1人目のときはそうだった。夜の9時くらいに帰ってきちゃうと、「寝かしつけの最中だから、10時以降か夕方の6時前、どちらかに調整しろ」と言われました。

宋　期待してもだめだと、いないほうがまし。陰では、「夫はＡＴＭ」と呼ばれている。

渡辺　子どもがある程度大きくなると「カラオケ行くから、お小遣いくれ」みたいになる。

宋　子どもからもＡＴＭ。それでいいのかって。まあ、「亭主元気で留守がいい」ですね。

渡辺　平成28年になっても、けっきょく、そのフレーズなんですね。僕が詠んだ歌のなかに、夫が締め出されるシーンがあるんです。妻が子どもをお風呂に入れるときに裸になるから用心のために、家中の戸締りをするじゃないですか。そのとき間違ってチェーンを1回かけてしまったことがあって。僕が家に帰ってきたとき、子どもも妻も寝ていて、家に入れなかった。ピンポーンを鳴らしても起きなかったので、それを歌にしたんですけれども。逆にわざとチェーンをかけて寝かしつけるまで帰ってくるなという家もあるかもしれないですね。（76頁に掲載）

宋　夫はいちばんでっかい子どもみたいな感じで、手伝うどころかいちばん手間がかかる。そういう人の場合は、「今日は外で泊まってきてくださいね」。

産後にセックスがなくなる理由

渡辺　僕が意外だったのが、産後のセックスとか、セックスレスの歌がなかったんですよ。

宋　産後はセックスどころじゃないってことじゃないですか。２人目が欲しいとなって、はじめて出てくる感じ。

渡辺　しばらく夫婦の性生活がなくなるので、そういうことで男のほうからもセックスレスが出てくるかな、妻のほうからもセックスレスの歌が詠まれるかなと思ったんですけれども、まったく出てこない。逆に隠しているというか。

宋　匿名でネタにするのはありじゃないですか。産後はたいへんすぎて、男も女もセックスどころじゃない。私の外来診療では、50歳ぐらいのご夫婦がセックスレスで、もう10年も20年もないみたいな人の話を聞きます。「産後のいちばん大事なときに夫はまったく手伝わず、夜になったら手だけのばしてきて、もう許せない。私は夫とはもうセックスをする気はまったくありません」。

夫は「いつもそのことを言われるのですけれども、僕は覚えていないのですよ」。それぐらい、男のほうは軽い気持ちなんです。もう、していいだろう。夫の権利、手を出して何が悪い。相手を非常に怒らせたことすら気づかずに「20年も前のこと、そんなの覚えてないよ」と言う。

渡辺　育児のところが発端になっているわけですね。

宋　育児にまったく関与しなかった。さらに疲れ果てているのに、夜に手だけのばしてきた。そのときの恨みと怒りは忘れない。だからいま、私は警鐘をならしているのです。「育児にかかわらずに妻に体だけ求めたら、もう何十年も拒否される」と。

渡辺　夫婦でどっちかがしたいけれども、どっちかがしたくないというときは、どっちに合わせればいいですか？

宋　それが、いちばんむずかしいです。基本的には歩み寄りですよね。いろんな相談があるのですが、いちばん難しいのは性欲を抑える、もしくは無い性欲を湧き上がらせる。性欲のコントロールだけはうまくいかないのです。産後は、女性はひじょうに性欲が低下している状態なので、さらにからだも疲れているのに「おまえも欲情しろよ」はまず無理です。それに関する赤裸々な1首が欲しかったですね。炎上狙いでもいいから、1首、やってもらいたかったですね。そこはちょっと渡辺さんに詠んでいただいて（笑）。

渡辺　僕の宿題にします！

「サイテーな夫で賞」はコレやな

宋　ほのぼの系も欲しいですよね。これはめちゃ、ほのぼのしている。

「性別を　聞かずに出産　出たオトコ　キャッチボールの　夢が膨らむ」

次のは「よろちくび」と言いたかっただけやろ。

「よろちくび　またおっぱいか　落ち込むな　君の名前は　父ではないか」

実用的なのはこの歌ですかね。報連相、重要ですよね。

「上司より　妻に欠かすな　報連相　家で高まる　ビジネススキル」

ビジネスと同じですよね、けっきょく共同作業をするわけですから。

〈サイテーな夫で賞〉はこれやな。

「おっぱいを　あげると気持ち　いいんだろ？　言うならオマエが　やってみろ」

この歌も、よう、わかるわ。

「おんぶして　４カ月ぶりの　ラーメン屋　姿婆の空気も　麺もおいしい」

でも、なんで４ヵ月もラーメン、我慢してんの。もっとはよう行き。

お産の歌は痛い系が多いですね。ほんとうに、痛い。みんな、やっぱり陣痛は痛い。

実母は味方ですが義母は他人

渡辺 無痛分娩をしました、という歌はなかったです。オープンにしたくない？

宋 無痛分娩にしたけれども義母には隠している、という人もいます。

渡辺 お腹を痛めて産まないのは母ではないとか、言われる？

宋 無痛分娩代10万円ですと言うと「そのお金、うちの息子が払うの？　痛いのを我慢すればいいじゃない」みたいなことがあります。それを義母ではなく実母に言われたらショックですよね。あなたに甘えられなくて誰に甘えればいいの。

渡辺 義母と実母に対する気持ちは違うものですか。

宋 違いますよ。実母は味方ですが義母は他人。娘さんが産婦のときは甘やかしてあげてほしいです。実母とも仲がよいとは限らないのです。陣痛がきて「痛い、痛い」と言っていると実母が「大騒ぎをして恥ずかしい、すみません」と謝る。勝手に恥ずかしい娘にしないでほしい。

渡辺 実母に怒られちゃうようなこともありますか？

宋 いまは実母も働いていたりするので、産後の床上げまでの期間、里帰りしてからだの回復をはかろうと思って昼寝していたら、宅急便を受け取りそこねた。実母が帰宅して、不在連絡票を見て怒られる。「あんた、家にいるのに、なんで受け取らないのよ」「しんどくて寝てて、気づいていないんだけど。ごめん」。逆に居心地が悪くて帰ってきたという話はあります。産後の里帰りは、留守番じゃないんですけどね。

渡辺 宋さんは、1人目と2人目では産後の過ごし方は違いますか?

宋 1人目の時は、半分は産後うつでしたよ。おっぱいが出なくて、こどもの体重が減って、平均体重に戻るまで3週間かかったのです。実家に帰っていたので、実母は粉ミルクを足しなさいと言うのだけど、私は母乳に洗脳されていて、母乳だけで頑張りたいのに、何度も何度も「赤ちゃんはおなかが減っているのよ」と母に言われたりして。

私が出産した3日後に2人目を出産した女医さんが「こんなに、プクプクになりました」と赤ちゃんのプクプク写真をフェイスブックにアップしていたのです。それを見ただけで、「この人、こんな写真を載せて!」と、わあぁーと泣いてしまった。その時は私がおかしいのではなくて、この人が意地悪だと思った。

おっぱい右翼、おっぱい左翼、どちらもストレス

宋 一子を出産した病院が母乳推進のところで、私がブログに「母乳スパルタ疲れた」みたい

なことを書いたら、コメント欄にそんなに熱心な病院の悪口を言ってけしからんという批判が女性からきました。９割ぐらいは「わかります。どうして、病院はあんなに母乳を押し付けるのでしょうか」というコメントでしたが。

私は勝手に「おっぱい右翼」（おぱうよ）と呼んでいるのですが、おっぱい右翼は、あらゆる自己犠牲をはらって母乳をあげるべし。授乳室のマークが哺乳瓶なだけで怒るんですよ。哺乳瓶はいかん！　母乳をあげているおかあさんが肩身の狭い思いをします！　と。意味がわからないので、最近は、おぱうよには理路整然と戦うようにしています。

おっぱい左翼もいます。「粉ミルクでも母乳でもいっしょじゃな〜い。なにが違うの」。粉ミルクもあんたのおっぱいも価値は一緒。おっぱい中道は、できれば母乳で育てたい。でも、身を削ってまで、全然眠れない状態になってまでも、おっぱいをあげたいとも思わないし、でも母乳とミルクは同等だとも思わない。母乳出ないというのをGoogleで検索すると、そういうのがいっぱい出てきますので、私はとにかく、授乳しながらのスマホ検索だけはやめましょうと言います。いろんな攻撃をあびるのはよくないです。

この歌はおっぱいほのぼの系ですね。

「寝てるとき　おっぱいふたつ　だしたまま　勝手に飲んで　いい子だ我が子」

渡辺　男性の育休の歌なんてどうですか?

「まず人事　直ボス前に　要先手　男の育休　初は難航」

宋　めっちゃ、うらやましい。

渡辺　夫の場合は、まず妻を説得するほうに走りますね。育休を取れないけど許してね～と。

宋　妻側からも、ダンナが育休を取ったら収入が減るから困る。いいから働いて!　と言う。

渡辺　そういう意見は多いです。

宋　育休を取って基本給の満額が入るようになったらいいのに。

渡辺　では、最後に「宋さん大賞」を選んでいただけますか。

宋　やっぱりこれですかね。ほんとうに、あるある大賞。

「こども見て?　夫にこども　たのんだら　ほんとに見てるだけだった…」

見てて、あっ、そこからこどもが落ちた!　とか言うやん。見るの感じが違うんねん。

渡辺　(爆笑)見ててといって、ひどいことになったエピソードを聞いたことありますか。

宋　子どもが大泣きしているのに、ただ見ている。腹立つ話でよくあるのは、一日中、赤ちゃんを抱っこしたり、あやしたりして、夫がやっと帰ってきて抱っこする。たまにおとうさんがちょっと抱っこしても泣き止むわけがないじゃないですか。そしたら「やっぱりママがいいみたい」とか言って。なにが！　やっぱりママがいいみたいダ　！
おまえの努力が足りへんからや。入口で諦めるな。

渡辺　泣きつづけられても、それは抱っこするぐらいの姿勢を見せたほうがいいんですね。

宋　おかあさんもたまには無理ということもあるけど、基本的にはあれやこれやするわけです。おっぱいあげたり、服を着替えさせたり、日光浴させたりするのに、なんやねん！

渡辺　目に浮かびますね。大賞作品に対する宋さんの返歌、1首お願いします。

宋　では、これを。

「10秒で　『やっぱりママがいいみたい』　逃げるな夫　泣きやむまでは」

渡辺　宋さん、選評と楽しいお話、本当にありがとうございました！

大賞

こども見て？　夫にこども　たのんだら
ほんとに見てるだけだった…

山名美帆　非公開　女

返歌

10秒で　「やっぱりママがいいみたい」
逃げるな夫　泣きやむまでは

宋 美玄

宋 美玄

１９７６年兵庫県生まれ。大阪大学医学部医学科卒業。産婦人科医として診療に携わる傍ら、テレビや書籍・雑誌、ブログ等で情報発信を行う。主な著書に『女医が教える本当に気持ちのいいセックス』『産婦人科医ママの妊娠・出産パーフェクトＢＯＯＫ』がある。アメーバブログ「オンナの健康ラボ」で２児の子育てに奮闘する様子を綴っている。

公募作品秀歌選【34首】

其の一

聞いてない！　産めば終わりと思ってた　乳腺炎に　おケツ痛すぎ～

産褥ロング　48　女

其の二

おっぱいを　あげると気持ち　いいんだろ？　言うならオマエが　やってみろ

SENO　非公開　女

其の三

入院中　何してほしいと　義母が聞く　帰ってほしいと　心で思う

小池はん　30代半ば　女

其の四

痛い痛い　自分の叫びで　目を覚ます　聞いてないよ　後産の痛み

ましゃまるこ　42　女

其の五

泣き声で　お乳はり出し　喜びと　湧き出る乳　あわてる赤子

森田純子　非公開　女

其の六

その笑顔？　さっきウンチを　替えたから　あなたがだっこしたからじゃない（笑）

みやいしひろみ　34　女

其の七

両手出し　子どものゲロを受け止めた　私を横目に　夫は外へ

まぁちゃん　非公開　女

其の八

甘えたい　期待を胸に　実母よび　怒鳴られまくる　産後の日々かな

さとみん　37　女

其の九

泣く長男　義母がつぶやく　枯れおっぱい　これが枯れならお前のなんだ

コレ　34　女

其の一〇

取り乱す　産みの苦しみに　奮い立つ　血を見るよりも　背中の傷痕

ムーミン妻　33　女

其の一一

完母まで　十ヵ月の道　苦労して　夫の理解や　雨のひと粒

福田こずえ　30　女

其の一二

おんぶして　4ヵ月ぶりのラーメン屋　娑婆の空気も　麺もおいしい

なおまま　非公開　女

其の一三

出来るはず　授乳以外の　世話スキル　頼れるパパの　最低スペック

Jennifer　32　女

其の一四

寝てるとき　おっぱいふたつ　だしたまま　勝手に飲んで　いい子だ我が子

あやぴょん　28　女

其の一五

なにゆえに　ゆくやこの妻　おしだまり　今をうらみと　ゆくやこの妻

前関白　50代　女

其の一六

移動手段　これ正しいのか　コロコロ椅子　分娩室まで　転がされ

みーさん　32　女

其の一七

ドラクエの　新作ゲーム　買ってきて　一人やるなよ　産後四日目

世野尾麻紗子　36　女

其の一八

「ゲロ吐いた！」 階下のわたし呼ぶ大声 叫ぶお前はどこにいる？

みぽぽるか 43 女

其の一九

よろちくび またおっぱいか 落ち込むな 君の名前は 父ではないか

やまがた てるえ 非公開 女

其の二〇

「産みますか？」 初診で問われ ショック受け この子に会えた 奇跡歓喜す

なおまま 52 女

其の二一

君がため 手を出すイクメン 感謝だが かゆいところに 手は届かずー

あみーご 33 女

其の二二

もういいよ 出てきていいよ 言った日に 前駆陣痛 はじまった！

カイトの母 非公開 女

其の二三

陣痛は たった一人で こわかった 産後三回 満ち足りる今

ありんこみょこ 40 女

其の二四

夜泣き声　知らぬ夫の　高イビキ　身を尽くして　やらんぞと思う

しおん　53　女

其の二五

こども見て？　夫にこども　たのんだら　ほんとに見てる
だけだった…

山名美帆　非公開　女

其の二六

陣痛だ！　真の痛みを　知らぬまま　何度と向かう　産院への道

ゆいまま　39　女

其の二七

底力　娘の方が　旦那より　頼りに感じる　出産時

茂木理恵　37　女

其の二八

産声に　やっと会えたと　声あげて　男泣きする　パパに惚れ直す

ままま る　27　女

其の二九

微陣痛　わたしもあなたも　一眠り　起きたら激痛　ナースコール

りこすけ　34　女

其の三〇

妻妊娠　街にも妊婦　そこかしこ　今さら気付く　通勤ラッシュ

北村よしえ　48　女

其の三一

上司より　妻に欠かすな　報連相　家で高まる　ビジネススキル

佐藤慎一郎　39　男

其の三二

まず人事　直ボス前に　要先手　男の育休　初は難航

Mr.ムーミン　33　男

其の三三

お父さん！　どこの誰かと　探してみれば　自分のことかと
驚く産院

アデリーペンギン　32　男

其の三四

性別を　聞かずに出産　出たオトコ　キャッチボールの　夢が膨らむ

ぱぱまる　26　男

エピローグ

２０１５年11月20日、宋美玄さんとの対談収録が予定されていました。

ところが、当時妊娠中だった宋さん、この日の朝方陣痛が始まり、そのまま入院。対談予定だったあたりの時刻には、無事にご出産されたというニュースが流れました。もちろん、妊婦さんにお仕事を依頼していたわけですから急な予定変更はつきものです。このときに、本書の編集・みついひろみさんが「対談予定の日に出産されるなんて、きっとこれは、私たちにも良いことが起きるに違いないですね！」と言ってくださり、私も嬉しい気持ちになりました。

子どもを育てられるということを祝福してくれる人がいる一方で、その反対の人も少なからず存在します。私も会社員時代に、子どもの保育園の送り迎えに関して上司の理解を得られませんでしたし、経営者になってからは、自社のスタッフが子どもの発熱などで仕事を休む際に、何とか仕事に穴をあけないようにできないのか…と頭を悩ますこともあります。

子育てする家族を誰もが無条件に応援することができる社会だったら言うことなしですが、せめて、子育てに対する「無関心」をなくしたい。この産後百人一首をブログで発信しているうちに、そう思うようになりました。

ここに収録した歌には、笑い話にできるものもあれば、笑い事ではないこともあります。

わが家の実話も多く含まれますし、その他知人から聞いた話や、全国に講演や講座をしに行った中で聞いた話もあります。すぐ近くに住んでいる誰かの家庭で起こっていることとして受け止めていただけたら嬉しいです。そして、優しさを分けていただけたら、なお嬉しいです。

ばばかよさんの素敵なイラストと、落合由利子さんの写真、橘川幹子さんのデザインに恵まれたことも奇跡的なご縁でした。公募作に応募してくださった多くのブログ読者の皆様も本当にありがとうございました。

出産直後に対談に応じてくださった宋美玄さん、本当に素敵で、世の中の子育て家庭全員の味方です。宋さんとのご縁に恵まれたのも、今まさに三人目を妊娠している妻によるもの。いつも直接的な表現で理路整然と感情をぶつけてきてくれることが私の発信の糧になっているという件も併せて、妻にも感謝を伝えておきたいと思います。

最後に、宋さんから2章でいただいた宿題をやり遂げて、締めたいと思います。

抱き別れ　最初の山場は　産後にあり　年経て聞けど　もう帰り来ぬ

※参考：立ち別れ いなばの山の 峰に生(お)ふる まつとし聞かば いま帰りこむ（中納言行平）

2015年12月25日　　宋美玄さんとの対談を終えた日に

渡辺大地

●著者プロフィール

渡辺大地　わたなべ だいち

アイナロハ代表
ままのわ産後パートナーズ代表
札幌市立大学非常勤講師

北海道札幌市生まれ。2011年に株式会社アイナロハを設立し、翌年より「産後サポートままのわ」事業を開始。また、父親学級講師として年間1,000組以上のご夫婦にワークショップを行う。主な著書に『産後が始まった！　夫による、産後のリアル妻レポート』（KADOKAWA/メディアファクトリー（2014年）
http://www.ainaloha.com/daichi.is.html

企画・編集
みついひろみ

産後百人一首

2016年4月1日　初版第1刷

著　者　渡辺大地
発行者　横山豊子
発行所　有限会社 自然食通信社
113-0033 東京都文京区本郷 2-12-9-202
TEL.03-3816-3857 FAX.03-3816-3879
郵便振替 00150-3-78026
http://www.amarans.net

本文組版　有限会社秋耕社
印刷　吉原印刷株式会社
製本　株式会社越後堂製本

ISBN978-4-916110-87-9